豊旗雲《とよはたぐも》

秋山 佐和子 歌集

砂子屋書房

＊目次

装本・倉本　修

歌集

豊旗雲

とよはたぐも

花

花びらの冬日にほぐれゆくに似る遠きひとつの恋を語るは

みづがねの色なき花の発光したれか呼びゐる真夜の液晶

花さはに満ちてさゆらぐ白木蓮《はくれん》へ来たりやすらへ亡きたましひも

朴の木

木々の芽の萌ゆる夜空をがうがうと厚木基地より米軍機飛ぶ

爆薬をしかけしは圧力鍋といふボストンマラソンのテロの白煙

圧力鍋のゴムの堅さの効果など説くな若き命を奪ひき

日がのぼり月の消えゆくおほぞらに朴の木のはな開きそめたり

新しき連載はじまる「玉ゆら」の十一年目の目次ととのふ

アフリカ朝顔

はるかなる熱砂の国の友思ふ紫ふかきアフリカ朝顔

エジプトに日ごと増えゆくデモの死者遂に九百人と朝刊の文字

黒き大き瞳のカリマ浮かびくるエジプト全土のデモのニュースに

妻として我ら出会ひき三十年前のカナダの留学生アパート

茶は甘きものよとカリマが碗を置く花びらひらく桜湯なれど

手製のゼリー戻されにけりゼラチンは豚のエキスの入ると詫びつつ

日の出より日の入るまでを食絶ちて貧者に祈ると語りくれしも

断食月《ラマダーン》を君ら守れり日没が十時を過ぐるカナダの夏に

宗教にあらずと君が言ふ神道　ゆたけき自然の八百万の神

砂嵐すさぶ国土の一神教その厳しさを君の瞳に知る

わが子らをいつくしみくれし若きカリマやがて赤子を授かりしとふ

音信もすでに途絶へしエジプトの友の笑顔の大き朝顔

しづくする青き露草　ジャーナリスト君がシリアに斃《たふ》れしは去年《こぞ》

——山本美香氏

メメント・モリ《死をおもへ》　誰が上にも来る死なれど露草一輪明日もひらかむ

水虎像

靴音をひそめて夕べのぼりゆく図書館三階の「折口博士記念古代研究所」

研究室の高きに祀る水虎像二体笑へり口裂くるがに

院生らと読む万葉集の巻三挽歌　夜学の授業長びくらしも

ひつそりと疲れて戻る先生に大き湯呑みの差し出だされぬ

青きダブルの上着を脱ぎてやをら立ち古代の人のこころ説き初む

椎の花にほふ夜道におのづから釈迢空との暮し語れり

吹雪ゐる峠の道を登りつめ蒼き琵琶湖を差しくるるなり

茜雲たなびく明日香の石舞台　成瀬有らの哄笑きこゆ

バリケード築ける階に救ひくれし師の手の甲に滲む血忘れず

茫々五十年　姿勢なほ正しきわが師の恃むは何か

大学一年の冬、岡野弘彦先生の万葉集のゼミに私は出席した。「折口博士記念古代研究所」には折口信夫（釈迢空）所蔵の奇態な水虎像二体が祀られていた。先生は厳しかった。そして激しかった。自分の足と眼で古代を体感する大切さを熱く説かれた。

真冬の明日香、近江……、リュックを背に先生の後を必死に追った。大学闘争のさなか、先生は対立するセクトの乱闘を素手で阻止された。あれから半世紀近く、先生の姿勢は今なお正しい。

（「現代短歌」創刊号二〇一三年九月号　特集・師弟競詠　岡野弘彦先生と）

左千夫の手紙

百回忌伊藤左千夫の里に来ぬ弟子石原純を語らむとして

つつましく師を思ふこころ常に持つ石原純の「追憶」の文

さびしさをスイスの純に訴ふる左千夫の手紙すべなかりけむ

夕がれひ

枝豆を二度茹でにせりインプラント治療をすすめられ来し夫へ

キャラメルを渡しくれたる夫の手へ銀紙もどす差し出だす手に

帰り来る夫の夕餉に庭のむかご丸く太るをいくつも摘めり

冬瓜と笹身のスープは夫の好みゆつくりと煮る夕がれひにと

薔薇一輪咲くと言はれて見上げをり夫を見送る朝のフェンスに

秋思

散りてなほ紫の色深めゆく石の塀より枝垂るる萩は

花立てに供花はなけれど原阿佐緒の墓のめぐりに鶏頭の咲く

まんじゆさげ末枯れ立つ野を過ぎんとし老醜詠みし阿佐緒思ほゆ

ありなしの風に揺れだつ吾亦紅まろき花冠にひかりあつめて

夕顔

思ほえず夕顔しろく開きをりけふ刈り取らむと近づく鉢に

はつかなる香りは垣の銀木犀触るれば白き花の零るる

鉦を打つ虫の音かそかに聞こえくる紅き小菊のうち伏すところ

街川のほとりに佇む白鷺の一羽のすがた長く眼に沁む

『氷の貌』の歌集の表紙絵思はする半月白く中天にあり

最終の歌集と知りけむ『鳥打帽子』贈りくれたり十三年経て

鳴きいでてようしとをさむるつくつくを生のをはりのこゑと歌ひき

水よりも空は重きと見上げゐし歌のこころを問ふは難しも

いつかどこかにと心頼みにしてゐしが秋のあしたに命終へましき

なまなまと死者は近づくうつし世に在らずと知りたる十月尽より

神道の葬《はふ》りふさはし人麻呂の挽歌のごとき奏詞つづけり

——悼　藤井常世

木立ダリア

雨のなか支柱を夫と添はせゆく木立ダリアの五本の幹に

台風に折れしダリアの幹半ばいつしか青葉吹き出でてをり

少女等のほそき素足がそと蹴るや蕾のうちの花弁みえそむ

秋空にダリアの蕾あまた光《て》り藤いろあはき一輪の咲く

寒きころ何故に咲くかとダアリアを窓に眺めて夫のつぶやく

公園の木立ダリアも咲きゐると携帯に告ぐ朝戸出の夫

道にあふぎ二階ゆ見下ろす庭先のダリア咲きつぎ初冬に入りぬ

彗　星——これより我が心の支えとすべく歌を記す

まさめにし緑のアイソン彗星を我はとらへき何の予言か

——二〇一三年十一月二〇日

尾を曳きてさとくだりゆく彗星の緑《あを》き火玉に遭へる夜くだち

妖星と怖れられ来し彗星がわれの目前《まさか》をよぎりてゆけり

くぐもりて疲れ滲ます夫のこゑ霜月二十一日夜のインターフォン

テレビドラマ見てゐるからと玄関へ迎へに行かず常のこととし

みづからの鍵持て入りし夫なるに今宵なかなかリビングに来ず

半年前の数値は正常なりけりと聞きたるのちに身の震へくる

もはや手術はできぬと言ふか夫の身に何が起こるや何の育つや

起きいでて彗星見むと霜月のベランダに出づ四時また五時に

久遠なる天の摂理を思はしむ秋より冬へ移る星宿

星は常に空に留まり見下ろすと冷え締むる暁《あけ》の窓に布引く

空調音が読経に聞こゆ　みづからの病ひを知りし翌朝いへり

切り火

玄関に肩甲骨を叩きやる朝のならひの小さき切り火

木立ダリアも咲きて見送るいくつもの検査が待ちゐる夫の背中を

昼過ぎに夫の同級生の電話あり胆・肝・膵の専門医と告ぐ

夫より電話のありてと急ぐこゝろセカンド・オピニオンを求めしならむ

病院に来たりし息子と帰るとふ夕餉の用意ひさびさうれし

夫の顔のうしろに暗く歪みたる息子の顔見ゆ何が起こりしか

水炊きの鍋を囲みて食す前にまづ話さうと口ひらく夫

膵臓癌肝臓に転移す　一年か否半年か穏しきその声

病状を説明しすまないといふ　何ゆゑ詫ぶる妻なる我へ

うつむきて涙する子に父さんは運が強い人と吾《あ》は言ひ放つ

きつとそんなことはないから私が守るからさあ食べませう　鍋の蓋取る

カナダより届きし短歌をよみあぐる　米子さんありがたう　夫も子も笑ふ

――松原米子さんは夫の留学時代に一家でお世話になった日系人教会の牧師夫人で「玉ゆら」会員。

泣きたきとき泣くべし医師の息子言ひ月夜の坂を横切りてゆく

輪唱

蔦もみぢことに明るき朱《あけ》のいろ壁面おほふを夫と見あぐ

とまどひの笑みを浮かべる少年の来たりて明るき灯の加はりぬ

四人の床延べてしばらく歌ふなり秋の夕日の紅葉の輪唱

亡き嫁のために求めし霊園へ行きたしといふ朝の食後に

白御影の墓石を清めし少年とわづかな草を抜きてゆくなり

あかるく静かによく晴れし午後　こどもらのこゑ秋空へ透りてゆけり

万葉の桜の歌の解説を綴るひとときこよなき時間

奈良朝のさくらのおほくは山桜　釈迢空を夫に語れり

シャーベット

惑星はまたたき彼方の恒星はみづから光ると夫よりならふ

習ふことまだまだありて学ぶことといくつもありて夫のたふとし

シャーベットに炭酸を少しづつ入れて沸点などと子と笑ふ夫

ひとくちを分けられ味はふシャーベット炭酸の味すつきり甘し

学会の特別講演も司会も断りて肩の荷降りしと夫の言ひたり

デパートの枕売場を巡りをり安き眠りを欲りする夫と

昼下り中学時代のS君と長く携帯に語りゐるらし

守宮

掃き寄する落葉のなかにゆつくりと守宮出できぬ未だ生きてゐる

通りがかりの子らと母らに呼びかけて黒目愛らしき守宮見守る

灰汁《あく》いろの小動物は向きを変ふ落葉掃きゆく箒の先に

「短歌人」に収録されし講演の「原阿佐緒とみちのく」夫にほめらる

こつてりと煮つめし金目鯛のうまきことほめてくれたり初めてのこと

白菊の花弁はつかに紫のにじみ来たるを膾《なます》へと摘む

低速ジューサー

雑踏に夫に似たる顔さがす我に驚く何をあきらむ

体重の減りて来たるを口にせぬ夫の心のうちを知るべし

良きものはなべて実行せむとして低速ジューサー購ひにゆく

ぶつぶつと老いのくりごと聞くごとし酵素分解の低速ジューサー

姉夫婦の情けありがたし週ごとに無農薬野菜運びくるるも

きのこ類大根かぼちゃも短日に干せば甘みの増すと習ひぬ

助手席

助手席につねのごとゐて声をあぐ木々の葉いろづく多摩の丘陵

大銀杏黄金《きん》に燃えたち冬に入る小山を統《す》ぶるそのひといろに

青年の面影をふと夫に見る体重にはかに減りてゆくらし

ねつとりと舌に甘みの残りをり子の贈り来し黄なるマンゴー

昨日けふ喪中の葉書とどくなかひとときは若きひとりありけり

冬の虹

札幌は雨といふなり午後に着く義母と義姉との背に虹立てり

虹見ゆるは良き知らせと義母のいふ長女の婚の日も立ちし虹

語りゐる間《ま》に消ゆる虹ひとときの義母と義姉との出会ひを祝し

何ゆゑに手術をせぬかと問ふ義母に薬で消ゆるを選びしと説く

格子柄あかるきパジャマを買ひて来ぬベッドの息子の顔に映ゆると

スイートピー

日に灼けて声ほがらなる植木屋さん今年もカレンダー届けくれたり

ミモザの花咲き終へしころと植木屋さん次の剪定約してゆけり

彼岸にて待つ人々の名前いふ夫にうなづくベッドのかたへ

同僚の医師と昨夜は語りしとふ夫の選択正しきを知る

苦しみて苦しみぬくとふ抗癌剤の治療選ばず医師として生く

スイートピーの淡き花色えらびをり明日退院と決まりし夫へ

かたはらの夫の寝息の正しきをひそかに測る冬の早暁

吾が泣けば夫がもつともかなしむと知るゆゑ枕に頭をかへす

病む人にあらず背広に白衣つけきびきび夫の物いふ聴けば

宛先の自筆の文字に弟の癖見ゆると笑ふうれしさうなり

鍵穴

ワープロの机を離れてソファーへと高倉健の「駅」ともに見る

足らはざる眠りなれどもまどろみのふたときあまり有れば良しとす

公園に並び咲きゐし木立ダリアも切り倒されて土黒く盛る

思はずも明るきこゝろのいづるゆゑけふのこころをしたがはせゆく

師走尽しぐれ止むあさ退院の夫をむかへにバス停に立つ

病室に夫は居らず会議とてこの一年のしめくくりをせる

こもごもの思ひ渦巻く夫ならむ院長室へふたたびゆかず

院長室の鍵穴小さしふたたびを夫の回せよこの鍵穴を

孫の撮りし写真の夫の大きまなこ病みゐるひととおのづと教ふ

あふれくる樹液に驚く息子と妻　木立ダリアをのこぎりに挽き

すつきりと片つきし庭に山茶花の色もつ蕾あまた見ゆるも

眠剤

人生は油断ならぬとふクリスマスカード油断してゐしわれらにあらず

あなたばかり不運がみまふはなにゆゑと手紙やファックスおくりくるひと

不運といふ言葉の裏にはからずも透けて見えくる歳月の嵩

わたくしは負けないきつとわたくしは　夫の希望を信じ支ふる

血糖値はかり終へたる夫の背に問はずその値をいひ出だすまで

髪もまだ抜けぬとふ夫にうなづきてアールグレイの香りを立たす

王淋の青きりんごの一個剝きさくさくしやりしやり二人して食む

けふのよきひとつに数へむスーパーに届けられたる右の手袋

成しがたきことばかりなれど今の必然選びてゆかむ明日の米研ぐ

眠剤の効きてくるらし花の野に父と母とがわれを招くも

正月飾り

年の瀬のスーパーのベンチにわれを待つ白髪増えしマスクの夫

門松の飾りを当たりまへとして夫に頼みし吾のこころなさ

語気つよく僕は病人と言ひすてて階のぼりゆく初めてなりき

鏡餅の細工しつらへ嗚咽する今年限りと思ふといひて

それでいい　初めて夫は内よりの声を出だしぬ　大晦日の午後

孫子らの来たりしチャイムに立ちあがる常なる祖父の姿となりて

夫の吹くハモニカに合はせ「ふるさと」を二部合唱する少年少女

君が代の前奏を吹き「起立」といふ夫のユーモア皆を笑はす

呼びかけに明るくかへる夫のこゑ　記憶せよ踊り場も木の階《きざはし》も

宛先の英字のつづりの誤りを直しくれたり冬日の卓に

丹沢に没りゆく夕日を夫と送るけふ良きことのひとつなりけり

枇杷の花

あたらしき冬の手帖に日輪の朱赤の表紙を迷はず選ぶ

佳きお年をと書き添へ奮ひ立つものあり馬のたてがみ靡く賀状に

言葉には魂あるゆゑ優しさを心がけよと末吉の札

バス停に幼きものを見送りて登る坂道右手が寒し

枇杷の花の下枝《しづえ》ひきよせ夫を呼びあるかなきかの香りかぎあふ

背丈の差二十糎のまま老いし我らの影生る日溜まりの坂

リゲル・シリウス

青白きリゲル・シリウス冬天に牽《ひ》き合ひにつつはつかに揺らぐ

眠剤に眠らむとする夫の上に位置を定むる冬の星辰

あひともに牽きあふ力かなしけれ冬の星座を目もてたどれば

冴え冴えと共に牽き合ふ冬星の美《は》しき力学　六角をなす

去りぎはの美しきひと来し方はいかにと送る冬の教室

午後二時の日差しこまやかに降りそそぎ銀にけぶらふ駅舎の冬木

しつかりと我をみつめて泣くなといふ母のごとしも垣のつはぶき

三角帽子

うるち・ひえ・いなきび・あづき　時をかけほのかに赤き雑穀を食《は》む

たくましき顎《あぎと》のわれらはろばろと縄文人の食につらなる

日だまりの笊に干したる榎茸やや黄味がかり歯ざはりよろし

まな板にうちたたくごと切る南瓜　冬陽に晒し甘みを増さむ

香の高き柚子を刻みてみちのくの白身の魚の椀に散らしぬ

朝な夕な唸り声あげ人参を擂り潰しゐる低速圧縮器《ジューサー》

海藻と檸檬の箱が届きたり日差しまばゆき伊豆の国より

緑濃き葉さきはサラダに無人なる直売場に芥子菜求む

タジン鍋あかき三角帽子にて鶏じつくり蒸してくれたり

刃先鋭《と》きキャベツ刻み器たちまちにバンドエイドを指先に捲く

良き眠り訪れると聞き湯に割りぬ玉葱五つの皮を煎じて

器には春の萌黄の水たまりレモン一個を絞る朝あさ

白道

白道をさやかに渡る満月に輪廻転生おもふ冬の夜

小高賢ひとりし逝けり星辰のかすかに傾《かし》ぐ二月十一日未明

襟首の寒さうな子とすれ違ふ君の通夜へとくだる坂道

あとがきは短くすべし　編集者鷲尾賢也のますぐなる声

――歌人小高賢は名編集者鷲尾賢也でもあった

喪の人ら無言に列なしものものし雪来るまへの夕の山門

反原発デモに毎週連れ立ちしとふ妻が涙す看病もせずにと

書き添へし賀状の一行思ひ出づ危ふき国のさきを見据ゑむ

いかなる修羅かかへて来しや同世代の誰より早くこの世抜けいづ

逝きし君の無念にあらむ如月の雪しらしらとこの世をおほふ

白富士

憂ひごとある身に眺む多摩川を越ゆる車窓に朝の白富士

亡き父母におのづと呼びかけ新雪の富士にまむかふ鉄橋のうへ

青笹に降りしく雪のみ社のうぐひす坂を踏みしめにけり

都知事選の投票せむと雪の坂ともに下りぬ退院の午後

青年は雪間へ足を踏み入れて細き雪道ゆづりくれたり

こもりゐて何を思ふか雪かきをして来しわれに夫よそよそし

雪の降るまへに切りとるももいろの侘助あはれ蕾喰はれつ

さへづるは何鳥ならむ黒き実の百日紅の枝をゆきかふ

昨夜の雪おのづと払ひしミモザの木やゝに蕾のふくらみを増す

退院の日の大雪を気遣ひて子らそれぞれに電話かけきぬ

灯を消してなほも明るむ雪の夜に眠り薬の一粒を割る

土手鍋

雪の積む夜道を帰り来し夫は牡蠣の土手鍋ことによろこぶ

味噌味の鍋はしんからあたたまると卓を離れて二度もいふ夫

仕事場へかけし電話に「会議中」声をひそめて夫の答ふる

ややありて張りある声に恒例の四者会談すませしといふ

インターフォンに夫の顔の映りゐる頬のこけたる夕暮れのかほ

弁当の十穀米の片寄りぬ明日はぎつしり詰めてといへり

起きいでて新作七首を推敲し「萌黄」と題し心を立たす

言霊

何かにかりたてられて仕事する夫の心底《ど》はかりがたしも

調子いいと人々に言ひみづからに言ひ聞かす夫　言葉は言霊《ことだま》

泣きたきはわれより夫と知りながら声あげ泣きぬ離れないでと

入院の夫と車の窓に見る平屋の庭に咲ける白梅

女子大の枝垂れ桜の美しさ門の冬木をゆびさし言へり

土乾くプランターの片隅にいぬふぐり咲く青き一群

『少女おもひで草』

末の子のひとり遊びに大正の歌物語編みて来しわれ

『三ヶ島葭子全創作文集』編みしのち「少女号」なる資料に遇ひき

果たすべき務めとなして十年に蒐集したる葭子の「少女号」

大正の少女の日々の健気さを「序」に綴りたまふ芳賀徹先生

「少女号」繰りて音読なしにけむお下げの少女霜焼けの耳

あとがきに葭子の忌日を記したり『少女おもひで草』成りし春の日

裏表紙にも挿絵を入れて懇《ねんご》ろに造りてくれし編集者に謝す

病む夫に携へゆかむ色刷りの表紙愛らしき葭子の歌物語

さやいんげん

草色の布に包める夫の昼餉　ベランダ菜園のパセリにラディッシュ

黒土に触るるばかりに育ちたるさやいんげん摘む午後のベランダ

緑濃く歯ごたへ柔き隠元を夫のよろこぶ夕餉の卓に

隠元の胡麻和へ懐かし母の擂る鉢を押へし厨辺もまた

先行きは思はずと声にいひしとき背筋おのずと立つるここちす

昼の鳥

坂道の電線に来てわななける昼の鳥はわが声ならむ

入院の夫の着替へのカート押す窓に緑の溢るる病廊

かかとある靴を悔やみて摺り足に病室までの廊下を歩む

病棟の廊下の我の靴音を聴き分くるとふ夫へ急ぎぬ

亡き姉のこゑも交じれり青葉影さざめく路上の石蹴り遊び

老鶯

早口に上滑りして五十代の宰相すすむる集団的自衛権

父母も義父母もわが師も祝ひたる金婚式の尊かりけり

薄色の運動靴に履き替へし我に呼びかく谷の老鶯

法隆寺展のみ仏に涙にじみしとふ友の文読みそのこころ思ふ

歌誌二十周年の祝賀の会を支へたる友の疲れのいかばかりかと

百合と紫陽花

妬心の兆せば更にみじめなる我のあらはる　茶碗吹き終ふ

自らの葬儀を涙ぐみていふ外国に住む子が気がかりと

白百合のましろく太き筒先を小蟻ゆきかふ二匹ながらに

雨の夕帰りし夫がをちこちの紫陽花の花咲くと告げたり

紫陽花は雨に似合ふと夕の風呂出できし夫が声かくるなり

大根の苦みをまづいふ人参のジュースに少しばかり混ぜしが
漱石のジアスターゼにあるやうに大根はよし君の内臓

富士の子

足元の砂の崩るるここちせり病みゐるひとの片へにあるは

その先のおそろしきこと考へず来れば来たとき吾は富士の子

悔ゆることあまたを忘れ前を向く六十六年生きて来しかば

コーヒーを淹れてくれたり点滴の管を抜かれて身を清めし夫

たづねたき幾つかあれど見送りぬ息子の負へる荷の重ければ

きうり用の網を明日は求めむか空を探れるあまたの蔓へ

パッキング終へしスーツケースのみ写る夏休み近き少女のメール

青紫蘇

二週間ぶりに退院許されし夫へ用意す椎茸甘煮

茗荷青紫蘇生姜あさつきそれぞれを刻みて小皿に供す幸あり

ゆふべ煮付けし茄子とズッキーニよく冷えて蕎麦のお菜に夫のよろこぶ

青紫蘇の四五十枚摘み三温糖加えし冷たきジュース飲み干す

食欲のあるはまことにありがたし第二段階抗癌剤投与も

蛍袋

トイレより夫の怒鳴り声きこゆ出勤前の朝の不調か

胸内《うち》に何かとどこほりゐるあかし吾に苛立ちの声をあぐるは

癌患者の妻とふ文字の浮かぶたび蛍袋のやうにうなだる

ぎぼうしも蛍袋も半夏生も梅雨の花なりわが好む花

俺もオレもここに居るぜとウインクす日よけに植ゑしゴーヤーの子ら

贈られし薄雪かづら十年経て二つの鉢にこぼれ咲くなり

アナベル

昏れてゆく空はかなしくカーテンを引くと夫いふ再入院して

デパートの七階介護用品の売場へ昨日も今日も立ち寄る

前あきのテープに止めるシャツがよし胸に点滴用の穴あけし夫

アナベルと小さく呼べば紫陽花の薄水色の花鞠ゆらぐ

水無月に早や咲き初めし百日紅あめに濡れつつ花房かかぐ

われのみに声を荒げる夫のこころ如何に悔しき思ひを抱く

檜扇の朱《あけ》の花殻こぼれをり石垣の上に群れて咲くらし

氷枕

書斎へと声をかくればコーヒーを挽くとふこたへ庭に水撒く

いつのまに夫はベッドに横たはる少し寝てゐれば大丈夫といひ

昼食は饂飩か蕎麦かと問ふわれにサンドイッチのかろきを欲りす

氷枕つくり熱さましの熱ピタを額に貼れば素直に従ふ

野菜スープへキャベツを刻む半ばにて入院すると夫の告ぐる

とりあへずハムロール食しスープ飲み西瓜も食めり禁食かもと

タクシーを呼ぶに背広を着る夫なり入院中も仕事をせむと

てきぱきとせる看護師に夫をゆだね廊下に開く歌の手帖を

取り落としし手織りのポーチを拾ひくるる主治医は静かに病状を告ぐ

点滴用に開けし手術の右胸が感染源と主治医の言へり

土曜日の午後にかけつけくれし医師ありがたしレントゲン技師らも

夫と息子と話すさまざま楽しさう　かうしていかう何があつても

若き医師が研究方針ひといきに述ぶるを聴きてうなづきてをり

病室に居れば病みても必要とさるるを知るはうれしかりけむ

診察のあひまに挽きしコーヒーを届けてくるる友を夫もつ

病室に読み返しけむこまやかに義父を気づかふ花柄カード

睡蓮

抗癌剤セカンドライン の始まりて抜け毛多きに夫のおどろく

睡蓮の鉢に増えゐる水草に小さき黄の花立ち上がり咲く

八月の日差しに生るる濃ゆき影　自死を選びし理研センター長

見終はりしドラマの台詞を反芻す恨みを力となして生きよ

男泣きしてゐるやうな手紙来ぬ夫の病名知りたる友より

君が妻も癌に苦しみ逝きましぬ否《いな》たたかひき家族とともに

黄の睡蓮みづに小さく開くあさ夫の白血球の数値あがれり

妻われに弱音吐かぬは汝が矜持　つねと変はらず機嫌良くゐむ

点滴の小瓶を下げてパソコンに向かふ夫なり調子が良きと

休院日の友が伊豆より来たりしと太く明るき声にいふ夫

風に乗る市の広報に黙禱す蟬声しげき木陰のバス停

ワープロに変換しゆく「学徒出陣」「出征」の文字　戦後六十九年

携帯の電話に応ふる声ありて吾が幸ひのひとひ始まる

風よけとなりてくれたる幾歳月　蝉時雨の午後かたへを歩く

納涼祭

病院の納涼祭に院長の挨拶せむと夫は決めたり

十キロほど痩せし夫のウエストに合ふ夏ズボン持ちて来にけり

点滴の注射の痕の包帯を隠すと長きワイシャツ選ぶ

いくたびも男性看護師訪れて間に合ひたりしと点滴を抜く

スタッフのTシャツ今年はレモンイエロー夫の顔色明るく映す

病院の裏の空地の夕闇に納涼祭のテントの並ぶ

職員の為の保育園の園児らが太鼓を叩く祭りの始まり

夫のための席の用意のありがたし夕べの風のすずしく吹けり

ぎりぎりに塾より来たりし少年の背に負ふザックずしりと重く

遠目にも少女は近寄り難き気品ポニーテールの首筋長く

壇上の夫の挨拶　熱中症の方は救急外来へ　皆を笑はす

夫の挨拶カメラに収めうからへとたちまち送る息子の妻はも

子供らの甚平浴衣あいらしき年に一度の納涼まつり

一階より五階へ病棟ごとのアトラクションみづから愉《たの》しみ人も楽します

テケテケとおじさんバンド奏でゐる副院長ら楽しみを知る

夫にすこしの余裕のあらば身体を損なふまでの働きなさず

それはさて考へずにおく盛り土の土手に降りしくナイアガラの滝

水鳥

エプロンのポケット一杯に重み増す黄のプチトマトつぎつぎに採る

水鳥の羽ばたくさまに相模野の夕べの空を薄き雲ゆく

顔色の良きこと言へば少年のごとくはにかみ笑ふ夫なり

夕食のスープに庭の青紫蘇をちぎる夫の指先の美《は》し

調子よしと言はれればすなはち信じゐる吾を愚かな妻といふべし

パジャマ六枚下着六組にタオル類汗多くかく夫へ運ぶ

ファーストクラスの抗癌剤に戻りたる声の明るし副作用なきと

今われのなすことすべて夫へとかへるはうれし日盛りの午後

山鳩

午前中会議に出でしとふ冷房のなかなかきかぬ院長室うかぶ

吾が気がかり鎮めむとして電話するは止めやう怺《こら》ふることを学ばむ

あふむけの一匹の蟬ことさらに忌むものとして今朝の目に入る

土に生れし蟬をかへさむ植込みの雨に湿れるアガパンサスのもと

食欲の少なくなりし夫なれば卵豆腐を小皿に分くる

息子より覚悟せよとの電話あり眠剤さがす午前二時過ぎ

ＣＴの検査の結果はればれと告ぐる声ありひとまず安堵す

ちちのみの父にかあらむ雨もよひの電線に鳴く山鳩一羽

円谷幸吉

禁食の夫へキャラメル飴の類コンソメスープにコーヒーを買ふ

点滴の液の種類を読みあぐれば自ら確かむ医師なる夫

採血後のデーターをつぶさに主治医見せ夫と語るを聞くほかはなし

週刊誌の医学の頁に夫の知る友の写真のあれば伏せおく

禁食の夫が食べたきものをいふ円谷幸吉の遺書なぞるがに

霊水

霊水のボトル八本を入れしカート雨の舗道を押してゆくなり

青年となりゆく孫は笑ふとき白き歯を見す並びよき歯を

一週間の禁食解かれ卓上の重湯とジュースに落胆してをり

語りつつ腹部の違和を覚ゆるかベッドに臥してさすりてゐたり

にしん漬けシャキシャキ氷と共に食むおいしさ語る夫にうなづく

この人を夫として知るさきはひの一つ北海道の食のゆたかさ

食欲のなき夫へと調理師の作りくれたる藤色ゼリー

バスを待つベンチに友へメールする訴ふるなき不安秘めつつ

月祭り

この秋の愁ひもつ身に沁むるなり月の祭りの虫のこゑごゑ

——九月八日　ぬぼこ神社

月祭り「玉ゆら」の友の献詠歌とどこほりなく詠み終へにけり

をととひの高崎の講演も月祭りもつつがなく終ふ夫のよければ

さきはひを見つけてゆかむまだまだと強がりいへば肩が凝るなり

紅《かう》ふかく水引草の咲くほとり秋の素水《さみず》の通ふ音聴く

日本昔話

けふ夫が帰りて来ると告げやりぬ朝顔の辺の黒き揚羽に

秋の陽を存分に吸ひふくらめる布団に思ふ外国の子を

寝る前に日本昔話の主題歌のあったかふとんを歌ひし子なり

一七歳に異国へ行きし次郎子の苦楽を知らぬ母を許せよ

玄関に並ぶ革靴スニーカー彼ら居る夜の眠り安しも

アマゾンより届く理容カットにて夫の蓬髪を子が切りてゆく

月一回の床屋も無沙汰の夫にしてうなじはすでにカールしてをり

カットせし髪を吸ひとる器具ありてたちまちすがしき頭となりぬ

頭の小さきは顔のやせたるためならむ食欲失せてひと月余り

このやうな顔ばかりするは不快かと問ふ夫のこゑかなしく聞きぬ

心つくして夫の好みをデパ地下に求めくれたる子らありがたし

ステント

九月五日のステントのゆゑか違和感の腹部にありて食欲のなし

胆肝へ腫瘍すすみて圧迫し黄疸の出づほそき手足に

胆汁を抜くステントの管細く葉脈のやうに体内へ入る

ほんたうは鉄製の管を入れたしが　主治医のことば　未だ先がある

麻酔なほ覚めやらぬ夫の額髪《ひたひがみ》しろきを指に梳かしてやりぬ

百日紅

「玉ゆら」の再校と歌会を欠席と編集委員へ一斉メールす

昨夜のうちに返事届きぬ会員に総てを話してゐてよかりけり

日の出けふは遅しが掃かむ百日紅の終りの花殻散る階段を

五時に起き六時半まで歌作り庭や道路を掃きて水撒く

目覚めしが耳鳴りしげきをおそれをりめまひの始まる前兆として

金木犀・銀木犀

門扉あけ入りし時に香りくる金木犀と夫に告ぐる

玄関を過《よ》ぎらむとして香り吸ふ銀木犀なりこんなにも早く

銀木犀の香りのすがしさ姉のやう金木犀はあかるき妹

腹部に違和感ありて臥す夫へ銀木犀金木犀の小枝もちゆく

金木犀まことに甘く銀木犀すこし酸味のあると夫いふ

食欲のなきとふ夫へ抗癌剤治療の食事の頁を繰りぬ

常備菜の鶏肉団子がおいしさう出汁とり葱と生姜を刻む

「玉ゆら」の再校はじまる頃ならむ申し訳なさ夫には言はず

あたたかき湯気に韮の葉匂ひたつ肉団子スープうましと食めり

曼珠沙華

スーパーへの坂は無理とし平坦なポストへの道を夫と歩めり

もう杖が有りても良きかゆつくりとガードレールを手に伝ふ夫

造成のすすまぬ斜《なだ》りつやつやと青きすすきの群生なびく

谷間へとつづくマンションを見下ろすに赤き曼珠沙華咲き揃ひをり

曼珠沙華白き二輪が咲きにけり椎の木下に高くひそけく

印刷機のインクの補充いま夫にならひておかむメモに書きおく

香油

そのときはそのときと声に言ひみづから励まし家の鍵閉づ

夜をこめて腹部の痛みを耐えてゐし夫の背さするやせし背骨を

腸内にガスが溜まりて苦しめるのみにあらずか腹水たまるは

痛みさへガスさへ出づれば　眉間の皺深くなりゆく夫の背を撫づ

ふたつきを病みて肝臓癌に逝きし兄の腹水たまりし姿思ひ出づ

涙声になりてしまひぬ今日のこと息子に知らすと電話をとれば

しかし夫はつねに前向き翌日のバーベキュー祭の券見せくるる

二着分のパジャマのズボンにゴムを足す腹部にあたり痛しといふに

生くるとは慣れぬことがらに出会ふこと熟《こな》していくこと羊雲みあぐ

弁当を作りしは冬から春のころ食欲減りしをしみじみ思ふ

雑穀米混ぜて炊きたるうす赤き結びをつくる昼餉になればと

たまはりし香川の海苔を巻くときに良き香りたつ渦潮の香

午後一時に洗ひ干したるパジャマ類よく乾きたり日を味方にして

これだけは　といひて夫は会議にゆく伴ひくるる人と車に

後輩のO君に会へしが何よりと微笑みを見す出席なして

後任の人事もおほむね決まりしとベッドに両手を組みて眼を閉づ

マグダラのマリアの香油いまあらば　浮腫《むく》む素足にスリッパ履かす

無花果

病院に夫を託し秋のあさ短歌大会へ出かけてきたり

携帯をオフにしておく数時間　司会の任をわが果たすべく

失策もあれどともかく司会の任ドタキャンせずに務め終へしよ

デザートのムースにのぞく薄紅は秋の稔りを告ぐる無花果

懇親会抜けきてさまざま語りあふ長く母上みとりしひとと

今げんざいに楽しみ見いだす貴女ゆゑ大丈夫と言はれ別れきにけり

赤毛のアン

点滴台引きゐる夫と紅白の百日紅咲く中庭へ来つ

携帯に夫の写真を撮りをれば初老の男性声をかけくる

夫と吾の並ぶ写真を撮りしのち車椅子の妻を押してゆく人

デパートに靴を選べり病院の廊下にひびかぬゴム底の靴

ワインレッドの口紅差せば疲れたる顔もわづかに力増しくる

孤児アンを引き取るマニラの「番《マイタイム》が来《ハズカム》た《アトラスト》」吾が上に置く夫を支へむ

世を渡るために負はねばならぬもの　それが今と吾にいひきかす

枕頭の小さきカレンダーに印しあり恩師宮本先生の見舞ひくるる日

甲州葡萄

食欲のなければ便秘治らねば髭もそらずに憮然としをり

けふ行けぬといへば投げやりに「いいい」と応ふ　行かねばならぬ秋の病室

インタビューの依頼の電話を断りぬ先行き分からぬこれよりの日々

無精髭剃りしとふ電話に安堵せりシェーバーの使ひ方知らぬ我ゆゑ

これからは馴れぬことばかり増えてゆくさういふことなり生くるといふは

あたたかきパジャマ二着を贈らるるありがたきかなすぐに役立つ

たまはりし甲州葡萄の房を手に夕日に透けるやまなみを恋ふ

冷蔵庫に冷やしし葡萄の一粒にしるき疲れの抜けていくなり

天井画

退院にあらず外泊ゆるされし夫帰るけふ木犀満開

テラスの上おほはむと植ゑしナイアガラみどりの葡萄香りはじめぬ

治療終へ戻りし夫と子が語る葡萄の房なす小さきテラス

システィナの天井画思ふ子が夫へ摘みし葡萄をわたすゆびさき

素朴なる甘さと夫のよろこびぬ葡萄の甘露いのちの真水

いつしらず落ちてしまひしむかごの実来る年にまた芽を出だすらむ

むかご飯炊きて小さきおむすびを三つ作りて運ぶ病室

体重が増えしは腹水たまるゆゑふともらしたる言葉離れず

豊旗雲

とりとめのなきこと今日も聴きくれぬ壺のやうなる夫の心

——九月三十日

朝のドラマのおでこキッスを私にも病み臥す夫に額《ぬか》を差し出す

わが額の汗に湿りし髪を分け夫はくちびる軽く押したり

立待月はつかに欠くる秋の空　夫の命の細りてゆけり

——十月十一日

もういい　と呟く声のよみがへる腹水きのふ抜けどまた張る

日勤を終へしナースら談話室の窓一面の夕焼けに寄る

――十月十四日

わたつみの豊旗雲に入日さし　くちずさむとき胸処《ど》ひらけり

付き添ひの堅きベッドに万葉のをみなの力ある歌を恋ふ

酸素チューブつけたる口元の無精髭おほかた白きがまじりてゐるも

君にしか頼めぬといふ房ごとに蜜柑の筋をとりて渡せば

あなたに逢ひて初めて素のままを受け容れられき幸せなりき

しかと見む夫の皮膚の薄くなり浸潤し始む蝕む癌に

――十一月一日

闇を裂く声にこの世へ戻りしと吾が呼ぶ「あなた」のこゑ良きと告ぐ

けやき木のこずゑ夕日の色に染む夫の襁褓を初めて買ひぬ

麻薬ゆゑ痛みのなきを幸とするもふくれきりたる下肢のあはれさ

讃美歌の一節詠むといざなはれ「いつくしみふかき」を共に歌へり

釈迢空のわが解説を好むとふ夫へ読みゆく「玉ゆら」秋号

右足の浮腫をさすれる吾が手とり口づけをせり霜月朔《さく》の夜

お休みと額を出だせばくちづけを二度してくれぬ病める床より

——二〇一四年十一月三日午前十時十三分　夫秋山一男永眠す　享年六十七

あとがき

『豊旗雲』は私の第八歌集である。これまで数年ごとに歌を纏めて一冊としてきたが、今回は二〇一三（平成二六）年から二〇一四（平成二七）年のほぼ一年間の四五八首を一冊とした。

それは、二〇一三年の晩秋、帰宅した夫から、不調を感じ検査をしたところ、膵臓癌のステージⅣで、手術は出来ない、抗癌剤の治療を受けつつ、半年か一年間かできるかぎり仕事を続けたい、と言われた夜から始まる。何時も歌を書き留めておく手帖の頁を新しく改めて、書き付けた一年間の歌の手帖は四冊になった。所属誌の「玉ゆら」等に、発表したこともあるが、ほぼそのままにしてあった。読み返すことが出来なかったのだ。歌の手帖の存在すら眼に入れないようにしていた。思い返すだけであの一年間がフラッシュバックしてくるからだ。

だが、日薬、時薬、と言われるように、五年目を過ぎてから、ようやく手帖を開く気になった。歌に刻みつけた日々の思いは生々しく荒削りで、傷口に粗塩を擦り込むような思いも何度かしたが、とにかく読み終えることが出来た。そして、癌に侵された夫の胸の思いを、自分は何も分かってやれなかった、と悔いることの多い数年が、手帖を読むことで、夫の気持に不器用ながら向き合っていたこと、夫も、家族や友人や恩師や後輩、同僚、病院関係者の方々の支えと恩情を受け留め、感謝し、与えられた生命を全うしたのだ、と改めて知ることが出来たのだった。そして、この一年間を一冊にしようと思うに到ったのである。

一年間の歌の日録であるが、四十四年を共に歩んできた夫婦の記録でもある。よって破調でもそのまま残した歌も多い。自分と歌には正直でいようと思ったからだ。

歌は訴えである、と言われるがまさにそのとおりの一年だった。三十一音の調べに思いを述べるとき、心が幾度も立ち直り歌の力と深い恩寵を感じた。

歌集名の『豊旗雲』は、最終章の『万葉集』巻一・一五の天智天皇の、

渡津見《わたつみ》の豊旗雲《とよはたぐも》に入日さし今夜《こよひ》の月夜《つくよ》清明《あきら》けくこそ

からとった。海上の棚引く雲に夕日が差し、今宵の明月を予祝するこの歌を口ずさんだ時、大きな慰藉と励ましを得たからである。

ここまでお世話になった人々と、「玉ゆら」の仲間と家族に感謝します。出版にあたって、砂子屋書房社主の田村雅之氏は、私の気持が整うまで長く待って下さいました。倉本修氏の心にかなう装幀と共に厚くお礼を申しあげます。

鶯の初鳴きを聞きながら。

令和二年二月二十七日　　秋山佐和子

歌集　豊旗雲

二〇二〇年五月　五　日初版発行
二〇二〇年八月一三日再版発行

著　者　秋山佐和子
発行者　田村雅之
発行所　砂子屋書房
東京都千代田区内神田三—四—七（〒一〇一—〇〇四七）
電話　〇三—三二五六—四七〇八　振替　〇〇一三〇—二—九七六三一
URL　http://www.sunagoya.com
組　版　はあどわあく
印　刷　長野印刷商工株式会社
製　本　渋谷文泉閣